つむぎうた

野中亮介句集

TSUMUGIUTA
Nonaka Ryosuke

ふらんす堂

目次

句集　つむぎうた

瑞雲

平成十九年まで

山出づる真水のこゑや初硯

波音に夜の明けきたり福沸

獅子舞の歯の根合はざる山の冷

寒林に寒林の空映す水

雪礫雪ちらかして月のぼる

ひもじさに越ゆる峠や法然忌

朧夜の大福帳に掛ひとつ

朱の小櫛落ちゐし夏至の桃畑

伊部　三句

水無月の灰美しき青備前

窯攻の八日八晩の蝮酒

登り窯火を噴かぬ日の蟻地獄

分校の廊下走るな羽抜鶏

山々も胡坐をかけり冷し酒

雨乞の幣のもつとも灼けてゐし

盆提灯たためば熱き息をせり

父逝く

月光を溜め父のもう開かぬ目

火恋しお骨の父にぬくめられ

鶏頭に手こずつてゐる鯨幕

秋風鈴しまひて母の遺りたる
攫ひゆく高さとなりぬ野分波

空舟の流れて来る秋日和

木の宿の木の風呂鶉鳴きにけり

猪の大きさをいふ女の子

身に入むや朴爺さんの日本語

天仰ぐ撃たれし兵も冬の木も

牡丹鍋この面々に動く村

末席にゐてときどきは燗を付け

鏡餅下宿に母の来たらしき

恋人のできて湯たんぽ蹴り出さる

子どもの絵外し北窓開きけり

ともしびは雛に影して密か事

耕して耕して父の墓建つる

鎌倉　七句

長汀は弓を張りたり鳥の恋

尼御前に藁しべ咥へ雀の子

北条氏以来の刀匠は

花に酌み鎌倉殿の刀鍛冶

鉄塊を銘に育てむ春の月

流鏑馬の鎧に濡れて昨《きぞ》の花

鎌倉も前期の阿弥陀如来の手と伝ふるに

残欠の仏掌春を送りなむ

自刃もて保つ家名や松の芯

螢火の漏刻月を遅らする

山の子も海の子もゐる花火かな
遥かより帰るところの涼しくて

認印ひとつの暮し豆の飯

銀漢や神父に習ふ英会話

菊判に銀箔しづむ十三夜

わだつみや月下に壱岐のひと雫

あられ炒る秋も名残の巫女だまり

天の川胸にあるとき言葉美し

号令を遠きところに海鼠かな

口切や金ひと筋を竹の幹

ぜんまいの月の中まで伸びあがる

馬方に花の遅速を尋ねけり

花愛でてひとつ歳とる確かかな

つまさきに力をこめて巣立ちけり

幾重にも水音ときとして郭公

妙心寺　三句

ひと雨の涼しき沙羅を掃かずおく

吊鐘のはづされてゐる大暑かな

朝涼や撞座にひらく蓮華文

貴船あたり　三句

水垢離の燭置き石も瀧の中

水神の後ろを抜くる蛇の首

真昼間を湯殿に過ごし鱧の皮

とある学会二次会にて

白扇に団扇が挑みかかりけり

先生は平屋住や桐の花

ひめむかしよもぎひめさまかよひみち

蛇穴に入る玄界は渦の刻

月冷の能古の一塩鰈かな

宗旨替へして瓢箪をかく育て
菊焚いて夕べの鐘は撞かざりし

竹馬の子に伝言を託しけり

夜咄のふくみ笑ひを無下にせず

喪の家も等しく年の立ちにけり

瑞雲の中より鷹の来りけり

遺文

平成二十四年まで

あらたまの土蔵破りを嫁が君

戎笹押されし通しに受けにけり

白旗はとうに上げたり恋歌留多

この絵本読めば眠る子春の雪

燃えながら皿にとらるる目刺かな

桐咲いて夕暮は母さがす刻

契りては暗がりに脱ぐ祭面

はつきりとものを言ふ人昼寝せり

帰省子に静かなる川の時間かな

太眉のごとき下駄の緒青嵐

西瓜割る割つて余れる日暮かな

袋蜘蛛脚ばらばらに逃げ去りぬ

飛車成りて龍の生まるる夕立かな

牛に向け牛より大き扇風機

つぎつぎと螢となりし風の先

筑豊柳原白蓮邸など　五句

トロッコ列車地下へ発ちたり天の川

坑道は秋風我が国敗れたり

櫨紅葉ダイナマイトの箱の上

白蓮の撫肩勁し酔芙蓉

龍淵に潜み白蓮離縁状

鰯雲淋しきときは淋しき字

子守りしに来しはこどもや赤のまま

林檎齧れば少年の顔風峠

猪の鼻もついでに縛らるる

口開けて眠る竈も雪沓も

冬帽を握りしめたる正座かな

白馬いま陛下を乗せず冬の松

山の闇呼びはじめたる神楽笛

子の焚火消ゆれば森に魔王の刻

水鳥は水に温もり王子は留守

しろたへの余呉しろがねの初諸子

海峡は慕情育ててつばくらめ

春あけぼの魚の肌に婚のいろ
おふくろへ耀落したる桜鯛

母の日の島に短き滑走路

水無月の河童地蔵へ詣でけり

広島忌影に手もあり足もあり

灼けし野の十字架《クルス》の影はエノラゲイ

子を征かせ母も逝きたり日向水

最終列車花火の中を発ちにけり

色変へぬ松を出雲の菓子仕立

蛸壺の吸うて吐き出す秋の蜂

久留米　青木繁・坂本繁二郎展　二句

わだつみのいろこの宮も花野にて

繁二郎の馬玲瓏と冬を待つ

悼 林翔先生 二句

右手に紫煙左手寒暮のオールドパー

喪心の定まつてきし葛湯かな

玄界の荒れし夜更けの火消壺

いつも一歩先にゆく杖春隣

料峭や漬物石に母の意地

東大寺　五句

深空より修二会の竹と選ばれて

お松明果ててふたたび月の鴟尾

春雪や納経の間は鎖されずに

蛇穴を出でて言問ふ旅の僧

僧正の袖が好きなる子鹿かな

草笛の少年の家誰も知らず

白玉や御伽草子の江戸は雨

中宮彰子螢のころを文遣

天牛の節々痛む夜なりけり

銃眼を塞ぎにかかる蜘蛛の糸

秋茄子や家は女の胆で保つ

硯屏に立てかけてある風邪薬

蟬鍵の碧眼雪に曇りけり

大榾の白蛇と化せば雪女

雪の夜のこけしになりしこどもかな

淡海に親しかりし歌人あれば

逢ひたさは淡海に出でし鳰

一病づつ持ち寄り菊を焚きはじむ

リラ枯れて教会はいまは祈りの刻

いささかは競ふ心も返り花

純白

平成二十七年まで

太箸や畏まりたる山の数

裏山を巡つて来る年男

寒明や歌口に塗る紅漆

縦高く風を鳴らしぬ御開帳

寺の子と真昼は遊びうかれ猫

父さんと会ふ入学の帽子かな

風船の捕まへられたがるやうに飛ぶ

春筍や人を悼むに幕張りて

鬪牛の目玉どうしが押し合へる

顔役の先に潰れて雨祝

すててこの父をとばして紹介す

父子してお世話になりし竹婦人

雲の峰立志伝みな青臭き

蛇の衣巻きついてゐる陰の神

滴りの次待つ次のあらざりし
薫るものなければ天に朴咲ける

干草の山よりまんまるな月

炎天やぐあらんごろんと卵茹で

裸灯の霧に沈める湯もみ唄

邯鄲の夜や青墨のかをるごと

式服の色褪せてゐし稲の花

一休の髭ぼそぼそと櫟の実

鮎落ちて求《く》菩《ぼ》提《て》山に粗き雨の音

鵙の贄夕日業火のごとく差す

鯊釣や一家富まずにまた病まず

着膨れて飲み忘れたる知恵の水

鰭酒や父を誹りしまた恋ひし

閂をすうつと抜いて雪女

悪筆に籠る素心や龍の玉

にはとりのついてきたりし神楽宿

藪入や山が大きく迎へける

土笛の穴も三寒四温かな

花衣解きては月を惜しむなり
千の手の万の指先落花追ふ

春の月桶をあふれて天にあり

漆喰の莇屑あをき穀雨かな

太々とあり碩学の蝿叩
生身魂大きな盃を選ばれし

新涼や鎌倉彫のあやめぐさ

金賞の横のその横父の菊

秋扇置き結界をなしにけり

波音も淋しかりしがきりぎりす

出せば必ず凩を呼ぶ翁面

火の粉大きく歳晩の鎌造り

涅槃絵図掲げ真鯉の浮かぶ山

夕より観世は風のきんぽうげ

清明や四恩足りたる鳥のこゑ

入学や島の渡船も今年きり

焼蛤や瀬田の大橋雨がかり

行く春やうすむらさきの沢の蟹

空海の筆勢夏に入りにけり

延命をせぬも裁量朝ぐもり

死神は涼しきうちに来りけり

母逝く

ひとつ死のほかは事なき梅雨入かな

いかづちの飛びこんで来し通夜の席

斎場にたたむ日傘となりにけり

母のほか汗して母の柩出す

風鈴や茶漬にすます葬の後

西方の夕明かりして水馬
白玉やはやくも濁る喪の心

水貝や思はぬ人の思はぬ情

茗荷の子墓と睦めば現はるる

草の花より戒名を貰ひけり

粗草に散る玄界の流れ星

放り込み放り込みして茸汁

悼　伊藤通明先生　三句

花野より戻りて聞きし通夜のこと

女弟子多き良夜の訃なりけり

鬼胡桃てのひらにもう脈打たず

これよりは天山の風鷹渡る

深山龍胆活けて茶杓の銘は雲

雁や北の擦れたる羅針盤

炉開やまらうどはみづうみを来し

綿虫の他は小暗き観世音

蓮華座の一弁となり蝶凍てぬ

返り花少し歩みて返り花

筆硯を遠ざけてゐし雪明り

また違ふ淋しさ冬木撫で去りぬ

お互ひにちやうど着きたる雪の駅

エレベーターCLOSEを押しクリスマス
うすらひを今宵のカードキーとして

純白の湯気立てて人愛すなり

ヘンデルのアリアは小春日のなかに

黒潮

平成二十九年まで

喧嘩独楽産土の香を立たせけり

水暮れて水に灯ともる達磨市

潮干狩たったひとりで来し子かな

嫁に出す今年は父が雛飾る

春祭横綱牛が通りけり

黒衣にもとどくひと折花の雨

愛宕神社　五句

水干の袖に茅の輪の穂先屑

雨雲の能古へ退く夏越笛

鯵刺や西の愛宕は海の上

玉虫の飛んで日照雨の愛宕山

翠黛の山に禊の聖餅

鳴神の去らぬ女瀧のありにけり

麻服の皺や男に故郷なし

ハンカチを渡し最後の出勤日

陶枕や父ほど持たぬ志

骨格の生き生きしたる蚊喰鳥

力づくに沈むる竹瓮夏の星

山椒魚濁世見る眼を授からず

西国の夕日つくつくつくつくし
呼ばるるを待つ秋冷のノブの前

悼　水原春郎先生　祭好きなれば　二句

通夜の灯と辻を隔てて秋祭

菊しづかなり先生の長寿眉

銀漢の尾の触れて鳴るオルゴール

雁や幼きころの文房具

長男の選びし人はパティシエなれば

筑紫野の巨峰熟れたり嫁ぎ来よ

松柏のいよいよ勁き紅葉かな

豊年や骨董市の大鎧

復興の一両電車七五三

ひと筋の畦来て十夜寺満座

待たれゐるごとくに空いて焚火の輪

闥抜けて遠く狐となりて鳴く
開戦日風呂のボタンを押しにけり

とぼしらの星密猟の銃音か

だご汁を捧げ枯野のひだる神

温泉の町の古き教会三十三才
みづうみの氷が草に乗り上げし

綾取の梯子掛けたし母の星

ふた親の墓としばらく夕笹子

乾かしてまた雨を行く遍路笠

春月や返歌は恋に触れずして

雛流す遠嶺をひとつづつ覚まし

花御堂据ゑ黒潮の隆々と

行くときは声掛けてゆく春灯

雨音の美しかりし炉の名残

安房　五句

磯風に蘇鉄が鳴れば安房は夏

日蓮に夏波いまも白刃向け

泳ぎ来し髪そのままに御輿の子

祭足袋潮に濡れて脱がれあり

夏潮を巡りし鷹の斑の粗し

まだまろき仔牛の角や柿の花

父が箸取ればみなとる青簾

草笛のさらに上手のゐたりけり

虹消えて路地に子の描く汽車走る

梧桐や母をみそめしころの父

潰れては落ち着く声や荒神輿

鰹節の芯のくれなゐ朝涼し

甘酒や降るには足らぬ山の雲

原本に当たる仔細や露伴の忌

竹伐るや玄界灘は男晴

からすみを炙り唐津の風の松

腰壁に夕日の折れて法師蟬

鰯雲搾乳日誌木に提げて

野施行の足らぬ木霊の届きけり

冬の馬足掻きのやがてしづかに月

温石や山の端を飛ぶ鳥の群

釘抜いて板に戻りぬ十二月

列の尾は潮の香にあり針供養

大年やわけても妻の座り胼胝

遠弟子

平成三十年以降

唐津　三句

蹴轆轤の土撥ね上げて初暦

雪解風野に割り捨ての甕の腹

赤松の薪一月の登り窯

てのひらを叩いて桃の花盛り

ひと摘みの野花加へむ流し雛

草餅やあてにはならぬ父の勘

象嵌を研ぎ出す八十八夜かな

若鮎に連山の青走りけり

麦笛を吹きそばかすを増やしけり

馬鈴薯の花ゆふぐれに汽車は着く

花合歓やまみゆるごとき文来る

謝れる子を日傘へと入れにけり

筆断つは想ひ溢れて夏の露

折経本風に流れて山開

井戸水にラムネ棒刺接待寺

断崖の閻魔堂より赤き蟹

葛切や稽古袴もそのままに

近江　五句

水かげろふ踏んで近江の田植唄

夏萩の大津を過ぎし疎水舟

水無月を旬日余す諸子かな

梅雨の燭雲上菩薩には暗し

みづうみを渡りし雨や夏茶碗

河童忌や砂のざらつく閨畳

トマト煮てサンチョパンサを讃へけり

干草に寝ては幼き詩を紡ぎ
泥染の筵均しぬ花とべら

まづ編みし奉納馬や今年藁

白墨のメニューの茸まだ籠に

任されて立ち尽くしたる猪の罠

取り分の決まりて猪を捌きけり

熊撃の算段したる帳場かな

英彦山の天狗か恋のむささびか

榾埃袂に神の舞ひ始む
らふそくを消し梟を招じけり

その籠も燃やして終はる落葉焚

注連作こどものころを集めけり

獅子舞の頭を膝に雨宿り

寒卵呑みて仏を守りけり

うすらひのこの世を離れはじめけり

松脂の色のとどまる涅槃吹

大潮の月が巣箱へ差し掛かる

一盞に旅を結びぬ白椿

添へ状は恩師の筆や初諸子

踏青や硯を水にねぎらうて

春風や泥をつけたる牛の膝

雛が家へ筑紫次郎の大曲り

先代の手斧一丁雁帰る

削ぎて食ふ猪の燻製春深し

風船の子に飽きられてより萎む

粥腹に蒔く花種の飛びやすし

一滴の一音となるまでの涼

女ごゑ残れる蚊帳を畳みけり

ほととぎす朝餉の粥に何の花

伽羅蕗の辛き祭の来たりけり

弥栄に打つ柏手や青嵐

箱釣の肘の尖つてきたりけり

鰻筌沈めて月の欠けゆけり

どろどろと鰻を桶に落しけり

くちなはの匂に滅ぶ尼の寺

いちじくや寺に預けし次男坊

スコップを押す足八月十五日

新涼や息の接穂の墨の濃く

落鮎の湖国を遠くしたりけり

初孫、桜久《さく》と名付けて

花の名を付けてをのこぞ秋澄めり

幼きは声を張り上げ虫送り

新米の俵積まるる養護院

耕畝忌の山晴れきつて大蚯蚓

頼母子講一巡したる菊の酒

鬼の子のほかは乳足り眠る村

葛晒す上澄みの月捨てながら

婆逝きてもらはれて行く茎の石

枯れきざすものより光りはじめけり

鯉の髭いまだ幼き神の留守

水仙やきつと淋しくしてをらむ

追羽根の駒音睦み合ふごとし

佳き声の男ばかりや追儺寺

都鳥文を頼りに訪ね来し
三面は枯野へ開き能舞台

綿虫や束ねてもどす金剛杖

玄界の鷹を弓手に巻き取りぬ

面売の来る北風の吹いてくる

鶏鳴に明けて真赤な霜の村

火のついて寒くなりたる野面かな

冬帽子酔へば驚くほど多弁

遍照の湖金剛の龍の玉

葛湯吹く近松物に執しゐて

観音の信者ばかりの紙漉女

烏瓜ひとつが枯れて山枯れぬ

襖絵の達磨大師と坐りけり

綿虫や遠弟子として生きて来し

『つむぎうた』畢

あとがき

第一句集『風の木』の上木からかなりの時間が経ちました。この間、父母を送り師を亡くしました。私自身も二度の大患に見舞われ、あまり快々とした時期ではなかったように思います。

このような時にあって、体調が良ければ吟行に出かけ、みずみずしい季語の営みに触れては、どれほど生気をもらったことか分かりません。そして、作句に熱中することで他を忘れることができました。私が今あるのも俳句のお蔭とありがたく思っております。

それをただ静かに見守っていてくれた妻には感謝するばかりです。今はふたりの子にそれぞれ家族もふえ身ほとりに明るい声も聞こえるようになって参りました。

私の母は佐賀県に生まれ、幼い時に祖父の仕事の関係で敗戦まで台湾で育ちました。折りにふれてその地と、その人々の優しさ、温かさを口にしておりましたが、特に女学校時代に台湾の方から芭蕉布を織ることを教えてもらったことがとても嬉しかったようで終生、いろいろなものを紡ぐことを楽しんでおりました。

私は幼いころ、ひどい吃音で、ひとりっ子ということもあり殻に籠もりがちでした。そんな時も、たとえば黄金虫が夜、網戸にとまっていたり、山を歩けば必ずどんぐりが肩を打つように降ってきたり、毎日、川蜷が面白い絵を描いて見せてくれたり、などと、結構、それらに触れることで忙しく過ごしていた思いがあります。妙な言い方ですが、顔馴染みがたくさんいたのです。だから、孤独と感じることはありませんでした。考えてみると季語がそっと寄り添ってくれていたのでしょう。

そんな私を寝かしつけるのに決まって母が「がじゅまるさん、がじゅまるさん、つきがでました、まんまるな、おひげのばしてきょうもまた、よいこのゆめにいきましょう」と唄ってくれました。後でこれは台湾に多い「がじゅまるの樹」を詠ったもので、織を教えてくださった台湾のお婆さんが口ずさんでいた紡ぎ唄だと母から聞きました。この唄にはまだ続きがあったように思いますが、幼い私は寝付くまで何度も何度も唄をせがんだと老いた母が笑っておりました。句集名を考えた折、自然とこの唄が思い浮かびそのまま名付けることと致しました。

今、私は福岡で「花鶏」という小さな結社を作り身ほとりの仲間と句会をする幸せに恵まれております。仲間には野に出て、実際、呼吸している季語に触れるように常々勧めています。季語は歳時記にあるのではなく、自然の中にこそ息づいているのだと。そして、その声を実感することで何倍にも人生が豊かに幸せに感じられるようになるのだと。

発表句の整理に中山幸枝花鶏編集長の手を煩わせました。また、怠惰な私に熱心に句集の上梓を勧めてくださった山岡喜美子様にお世話になり、ここに一本を出せますこと、ともにありがたく思っております。

令和二年九月　かなかなかすかなる夕

野中亮介

著者略歴

野中亮介（のなか・りょうすけ）

昭和三十三年三月三十日　福岡生。現在も在住。

昭和五十三年「馬酔木」入門。水原秋櫻子に師事。秋櫻子没後は林翔、杉山岳陽の指導を仰ぐ。

昭和六十二年「馬酔木」同人。

平成七年　第十回俳句研究賞・馬酔木賞受賞。

平成八年　福岡市文学賞受賞。

平成九年『風の木』上梓。同著にて第二十一回俳人協会新人賞受賞。

平成十三年「花鶏」を創刊主宰する。

公益社団法人俳人協会評議員、日本文藝家協会、俳文学会各会員、福岡市文学賞選考委員、読売新聞よみうり西部俳壇選者

現住所　〒810-0031　福岡県福岡市中央区谷一丁目十二番四号

句集　つむぎうた

二〇二〇年九月二五日　初版　二〇二一年四月一日　二刷
定価＝本体二七〇〇円＋税
●著者——野中亮介
●発行者——山岡喜美子
●発行所——ふらんす堂
〒一八二—〇〇〇二東京都調布市仙川町一—一五—三八—二F
TEL〇三・三三二六・九〇六一　FAX〇三・三三二六・六九一九
ホームページ　http://furansudo.com/　E-mail　info@furansudo.com
●装幀——和兎
●印刷——日本ハイコム株式会社
●製本——株式会社松岳社

ISBN978-4-7814-1302-0 C0092 ¥2700E